Paul von Stetten

Siegfried und Agnes

Eine Rittergeschichte

Paul von Stetten

Siegfried und Agnes
Eine Rittergeschichte

ISBN/EAN: 9783743654211

Hergestellt in Europa, USA, Kanada, Australien, Japan

Cover: Foto ©Andreas Hilbeck / pixelio.de

Weitere Bücher finden Sie auf **www.hansebooks.com**

Siegfried und Agnes

eine

Rittergeschichte.

1767.

Siegfried und Agnes

eine

Rittergeschichte.

Als Herzog Siegfried jung an Jahren,

Zwar unerschrocken in Gefahr,

Jedoch im Lieben unerfahren

Nicht stolz auf Blut und Ahnen war.

Da ritt er oft in frohen Tagen,
Auf muthigem, geübtem Pferd,
Im Wald ein edles Thier zu jagen,
Mit Armbrust und mit Pfeil bewehrt.

Dort, wo beschwert mit Stein und Sande
Ein schneller Fluß sich rauschend reißt,
Und an mit Wald bewachsnem Strande
Die Gränze groser Völker heißt.

An diesem Strand, wo man vor Zeiten,
Mit stolzem Haupt, mit breiter Brust,
So manchen Hirsch sah ruhig weiden,
War oft der Schauplaz seiner Lust.

Gefüh-

Geführet nur von einem Hunde,
Begab er sich dem Walde zu,
Und in der frühsten Morgenstunde
Verlies er einst genoßne Ruh.

Umsonst ist Suchen und Bestreben
Umsonst ermüdet sich sein Fuß.
Der Hirsch entweicht, erhält sein Leben
Und muthig schwimt er durch den Fluß.

Der Herzog eilt mit Mißvergnügen
Vom Strande nach dem Wald zurück,
Und Waldmann läuft in krummen Zügen
Voran, und theilet sein Geschick.

Bald stuzt er. Mitten in dem Walde
War ein vom dicken freyer Raum,
Dort stund, zu frohem Aufenthalte
Ein dick belaubter Lindenbaum.

Aus nah gelegner Wasserquelle
Flos hier der reinste Silberbach,
Der murmelte durch sanfte Fälle
Und flos dem stärkern Strome nach.

Gezieret war die grüne Heide
Durch bunter Blumen Schmelz und Schein,
Ein Siz der Wollust und der Freude,
Und lud stets zum Vergnügen ein.

Es saßen hier in kühlem Schatten,
Ein Mädchen und ein alter Mann
Die sich dahin gelagert hatten,
Die zeigt sein Laut dem Herzog an.

Der Herzog hörts. Er folgt dem Laute
Hoft neues Glück und rüstet sich,
Und bald erblickt er aus der Staude
Was einem Abentheuer glich.

Ermüdet schon von langem Jagen
Und dürstend in der Sonne Quaal,
Beschlos er, es nicht auszuschlagen
Er sahe sie beym Mittagsmahl,

Und ritt dahin, mit sanften Schritten,
Dem grosen Lindenbaume zu,
Um Brod und Wasser zu erbitten
Er sehnte sich nach gleicher Ruh.

Ein Mann in burgerlichem Kleide,
Von Haaren grau, von Zügen alt,
Sas ruhig da, ihm sas zur Seite
Ein Mädchen, reizend von Gestalt.

Die sanfte Röthe junger Wangen,
Ihr schwarzes Aug, ihr krauses Haar
Die stellten reizend dem Verlangen
Geprieśner Feyen schönste dar.

Un=

Unschuldige Begierden schienen,
Vereint mit Huld und Zärtlichkeit,
Aus ihren Blicken, ihren Minen,
Und waren stets zu Sieg bereit.

Sie sah der Herzog. Seinen Blicken
Entgieng die Pracht der Reize nicht.
Bald fühlt er frölich es Entzücken,
Und Freude schmücket sein Gesicht.

Er eilt und nahet sich der Linde
Die unser Paar mit Schatten deckt,
Er komt zum Alten und dem Kinde,
Das er durch seine Ankunft schreckt,

Und spricht: durch welch ein Abentheuer
Seyd ihr in diesem Walde hier?
Bist du ein Räuber oder Freyer?
Ist sie mit Willen hier bey dir?

Du, Schöne, bist du hier gezwungen?
So sprich, so hast du meinen Schuz.
Es sey dem Räuber nicht gelungen,
Ihm biet ich ohne Waffen Truz.

Der Mann stund auf ihn zu verehren,
Die schöne Tochter neigte sich.
Hier ist nichts deinen Muth zu ehren,
Sprach nun der Mann, beruhig dich.

Wir suchen Kräuter, die da heilen
Geschlagner Wunden Schmerz und Pein.
Das ists, warum wir hier verweilen
Oft bis zur spaten Nacht hinein.

Wir kommen aus der Stadt im Frieden,
Du aber bist des Fürsten Sohn,
Und hast im Lande zu gebieten,
Der mit dir spricht, erkennt dich schon.

Hier ist kein seltnes Abentheuer
Ich bin der Vater; sie mein Kind,
Zwar wartet sie auf Mann und Freyer,
Doch tugendhaft ist sie gesinnt.

Nach

Nach langem Suchen, langem Pflücken,
Ruhn wir in kühlem Schatten aus,
Uns nach ermüden zu erquicken,
Alsdann eilt unser Fus nach Haus.

Wohl, sprach der Fürst, so bleibt im Frieden,
Euch störe keine Sorge nicht.
Ich laß mich selbst zu euch hernieden,
Auch mich erquicket mit Gerücht.

O! sprach der Mann dich zu erquicken,
Ist sonst hier nichts als Brod und Käs,
Die sättgen uns in kleinen Stücken,
Die Kost ist unserm Stand gemäs.

Doch, willst du solche nicht verachten,
So soll sie dir zu Diensten stehn,
Bisweilen sind auch arme Trachten
Die Hunger würzt, nicht zu verschmähn.

Der Herzog stieg von seinem Pferde,
(Beym Zaum hielt es der alte Mann)
Und, sizend frölich auf der Erde,
Nahm er die Kost vom Mädchen an.

Zufrieden saß er bey der Linde,
Was er jezt fühlt, fühlt er noch nie.
Wie heißt du? sprach er zu dem Kinde,
Ich? Agnes — sagte schüchtern sie.

Noch

Noch furchtsam, stamlend und bescheiden,
War alles, was sie that und sprach.
Doch starke Regung war in beyden,
Ihr folgte bald die Liebe nach.

Er sah sie an; doch ihre Blicke
Schlug sie stets schamroth unter sich.
Und seine schlugen schnell zurücke.
Wie? dacht er, rührt das Mädchen mich?

Er scherzte, doch bey Lust und Scherzen,
Fühlt er des Mädchens Reiz noch mehr,
Die Liebe drang zu seinem Herzen,
Und fand es ohne Gegenwehr.

Der Abend kam. Fürst, sprach bescheiden
Der alte Mann, wir gehn nach Haus,
Die ganze Stadt wird uns beneiden
Um heut mit dir genoßnen Schmaus.

Zu schön hat unser Stern geschienen,
Beneidenswerth ist unser Glück,
Mit schlechter Kost dich zu bedienen,
O welch ein frölisches Geschick!

Erlaub, daß wir dich stets verehren
Und immer dir verpflichtet seyn,
Doch laßt uns nun zurücke kehren,
Schon schwächt sich jezt der Sonne Schein.

Der

Der Herzog sezte sich zu Pferde.
Er nahm sein Mädchen bey der Hand,
Das schon der Herzog heimlich ehrte,
Sie trug gepflückter Kräuter Band.

Sie schieden, und der Schönen Blicke
Verirrten sanft und schämend sich.
Oft fand der Herzog sie zurücke,
Noch eh sie seinem Aug entwich.

Er ritt zur nah gelegnen Veste,
Sie giengen langsam nach der Stadt.
Nie fühlt er das bey größtem Feste,
Was er hier froh gefühlet hat.

Unru=

Unruhig war er, dann im Herzen
Regt sich die Gluth der Liebe schon;
Schon fühlete die süße Schmerzen
Des grosen Fürsten edler Sohn.

Er ritt dahin. Langsame Schritte
Gieng sein zum Lauf sonst muntres Pferd,
Er dachte, und bey jedem Tritte
Ward seiner Liebe Feur vermehrt.

Wie ist mir? dacht er, ich empfinde
Unruhig, was ich nie gefühlt?
Wie? bange Sehnsucht nach dem Kinde,
Mit dem ich unschuldsvoll gespielt!

Herz! warum pochst du? Seufzer dringen,
Wiewohl gedrückt aus dir empor.
Wie bange war mir, als sie giengen!
Wie bang, da dich mein Aug verlohr!

Noch schwebst du mir vor meinen Blicken,
Dein Mund, dein reizendes Gesicht.
Mit Sehnsucht, Wollust -- mit Entzücken,
Denk ich -- nein, dich vergeß ich nicht.

O Mädchen! o könnt ich dich lieben!
O wärst du eines Fürsten Kind!
Du -- schönstes Ziel von meinen Trieben,
Wie wär ich gut zu dir gesinnt.

Dir opfert ich mein Herz, mein Leben,
Des Standes Glanz, der Ahnen Ruhm,
Ganz wolt ich mich -- mich dir ergeben,
Mein Herz und auch mein Fürstenthum.

So dacht er und kam nun zurücke,
Zum Schloß, schon war es dunkle Nacht.
Er floh neugierger Diener Blicke,
Die Nacht ward schmachtend durchgebracht.

Und Agnes? an des Vaters Seiten,
Gieng sie gedankenvoll daher.
Trug ihren Band und lies sich leiten,
Als ob sie matt und müde wär.

Nein, nimmer will ich es vergessen,
Nein, nimmer, — dachte sie bey sich,
Des Fürsten Sohn von dir zu essen,
Ist kein geringer Ruhm für dich!

Des Fürsten Sohn mit dir zu scherzen,
So liebreich und so artig thun,
Das mus wohl andre Mädchen schmerzen,
Gewis, der Neid läßt sie nicht ruhn.

Wie war er gegen mich so gnädig!
Wie lies er sich zu mir herab!
War nicht, wie Herren sind, ruhmredig,
So lang ich Käs und Brod ihm gab.

Wie schön er ist? In seinen Zügen
Erblickt man seiner Jugend Muth,
Und edlen Sinn, Lust und Vergnügen,
Und sieht des grosen Fürsten Blut.

Nein, nie vergeß ich seine Gnade,
Nein, keine Schönheit wird vermißt,
Er hat sie alle. Welch ein Schade,
Daß er nicht meines gleichen ist.

Da wolt ich -- thörichte Gedanken!
So denkt sie, seufzt, erröthet, geht,
Schweigt stille, bis sie bey den Schranken,
Der wohl verwahrten Thore steht.

Sie geht gedankenvoll zu Bette,
Und schläft in süßem Kummer ein,
Und Träume gauckeln um die Wette,
Bald ihre Lust, bald Qual zu seyn.

Indessen, da sich beyde sehnten,
Da Liebe beyder Herzen nagt,
Die Liebe, welche sie nicht höhnten,
Ritt oft der Fürst auf neue Jagd.

Ein süßer Trieb zog ihn zur Linde,
Sich noch einmal daselbst zu freun.
O Agnes! wann ich dich nur finde,
Wie will ich wieder glücklich seyn

Allein umsonst. Sein Wunsch und Hoffen,
Sie unter diesem Baum zu sehn,
War nie erhört noch eingetroffen,
Nie glänzt ihm seine Sonne schön.

Dann ritt er traurig nach dem Walde,
Und blieb, so lang die Welt getagt,
Gedankenvoll. Doch nie erschallte,
Wie sonst, vor ihm die schnelle Jagd.

Tiefsinnig folgt er seinem Triebe,
Bald war er dort, bald irrt er hier,
Und dachte nur an seine Liebe,
Doch sicher war jezt jedes Thier.

Einst, in zu schwüler Sommerhize,
Sehnt sich der müde Fürst nach Ruh,
Und eilt zu seiner Sehnsucht Size,
Dem grünen Lindenbaume zu.

Er steigt vom Pferd. Die müde Glieder,
Von Lieb und Hize matt gemacht,
Wirft er in weichem Grase nieder,
Das Pferd sucht Weide, Waldmann wacht.

Es seufzt der Fürst: O grüne Linde,
Wie war ich unter dir beglückt!
O! daß ich die nicht wieder finde,
Die mich zuerst bey dir entzückt.

Hier

Hier war der Ursprung meiner Triebe,
Hier war der Ursprung meiner Pein,
Hier fand ich die, die ich noch liebe,
Die ewig soll geliebet seyn.

Ja, -- ewig will ich sie verehren,
Sonst liebte noch mein Herze nie
Jezt aber will ich ihr es schwören,
Ja -- ewig, ewig lieb ich sie.

Gleicht ihrer Reize Seltenheiten,
Dem frommen Herzen, edlen Sinn,
Und ihrer Tugend Treflichkeiten,
Wohl auch die größte Königin?

Nein. Und ich solte sie nicht lieben?
Nicht Mensch wie andere Menschen seyn.
Ich will sie -- ja, sie will ich lieben.
Ihr Stand sey auch gering und klein.

Könt ich die Tugend hoch erheben,
Nach ihrem Werth? -- o Ruhm für mich!
Daß sey mein Wille, mein Bestreben,
Um Reiz und Tugend lieb ich dich.

O Lust! Gedanken, die entzücken!
Sie sind des größten Helden werth!
Geliebte Tugend zu beglücken,
Das ists, wodurch ein Fürst sich ehrt.

So

So dacht er nun. Die Augen sanken,
Und dunkel war hier Licht und Schein,
Und mit entzückenden Gedanken,
Schlief jezt der junge Herzog ein.

So lag er bey dem Lindenbaume
Und schlief, doch wachte noch sein Sinn,
Und sah sie schon in süßem Traume,
Geschmückt als seine Herzogin.

Das war zu dem erwünschten Zeiten,
Da sich der alte Ehrenmann,
Durch Agnes lies zum Wald begleiten,
Die stets auf jenen Zufall sann.

Da war es, dacht sie, bey der Linde,
Wo mich der junge Fürst gesehn,
O wann ich heut ihn wieder finde,
O wie wird dieser Tag so schön!

Da wars, wo er von mir gegessen,
Wo er mit mir so froh gescherzt.
Mein Lebtag will ich nicht vergessen,
Wie dieser Abschied mich geschmerzt.

Nie wünscht ich gros zu seyn auf Erden,
Nie sehnt ich mich nach Stand und Gut;
Jezt, wünsch ich gros zu seyn auf Erden,
Jezt, wünscht ich mir ein Fürstenblut.

Dann wolt ich ihm mich ganz ergeben,
Ihm alle meine Tage weihn,
Und immer glücklich mit ihm leben,
Und nimmer unzufrieden seyn.

Sie weint, und seufzt, und geht in Stille,
Des alten Vaters Schritten nach,
Für welchen sie, das war sein Wille,
Im Wald heilsame Kräuter brach.

Bald stahl sie sich von seiner Seite,
Stets pflückend, denkend und bemüht,
Stets näher nach der grünen Heyde
Wo ihr so schön der Baum geblüht.

Bald kam sie zu der Wasserquelle,
Wusch ihre Hand und ihr Gesicht,
Stets denkend auf erfahrne Fälle,
Sah sie schon noch die Hofnung nicht.

Nun kam sie aus des Waldes Dicke,
Neugierig schon der Linde zu.
O welch Erstaunen! ihre Blicke
Sehn hier des Prinzen stille Ruh.

O wie erschrickt sie! Welche Triebe,
Denkt sie, die ihn hieher gebracht!
Ists Lust zu Jagen? o ists Liebe?
Fühlt er gleich mir auch ihre Macht?

Nein,

Nein, Agnes, flieh, flieh diese Heide,
    Es ist dein Herz hier in Gefahr.
Und deine Unschuld, deine Freude,
    Entflieht, wo du nicht fliehst, fürwahr.

Sie floh zurück. Doch Waldmann höret,
    Der Füße ganz beschämte Flucht.
Bald fährt er auf. Sein Bellen störet
    Des Fürsten Schlaf. Er wacht und sucht.

Er eilet nach. Sie flieht mit Zagen,
    Den Fürsten, noch mehr seinen Hund.
Den sucht sie noch von sich zu jagen,
    Da schon vor ihr der Herzog stund.

O!

O! sprach er, Agnes! welche Freude,
Dich find ich endlich wieder hier?
O schönster Tag! wie glänzt du heute!
Wie lange sehnt ich mich nach dir.

Schnell eilet er sie zu umpfangen,
Sie reißt sich seinen Armen los
Erblaßt und fliehet sein Verlangen,
Noch eh er ihren Kuß genos.

Sie ruft dem Vater. Bald erscheinet
Der alte Mann und steht ihr bey.
Erstaunt, sie bebt, erzürnt, sie weinet
Und kläglich lautet ihr Geschrey.

Wie Fürst? mein Mädchen mir entehren,
Welch eine That! sprach hier der Mann,
Kom Agnes, kom, zurück zu kehren.
Das steht nicht grosen Fürsten an.

Freund! sprach der Fürst, du sollst nicht zagen,
Nein, ihre Ehre bleibet ihr.
Sie ist das Glück von meinen Tagen,
Ich liebe sie, das schwör ich dir.

Nie wünscht ich mir den Glanz der Kronen,
Doch Unschuld, Reiz und Zärtlichkeit.
Hier find ich sie. Sie zu belohnen,
Mit grosem Glück bin ich bereit.

O Agnes! ehre meine Triebe,
Und traue meinem Fürstenschwur;
Dir schwör ich ewig treue Liebe,
Dich ehr ich, ja dich lieb ich nur.

Dir will ich immer eigen leben,
Mit Ehr und Würde schmück ich dich;
Wirst du mir Liebe wiedergeben,
O wer ist glücklicher als ich!

Wie, wann nach schweren Donnerschlägen,
Der frohe Glanz der Sonne lacht,
Wenn Wind und Sturm sich nicht mehr regen,
Des Wandrers Freude wieder wacht.

So

So war auch wieder neue Freude,
 In Agnes und des Vaters Brust.
Entzückung, Wonne, fühlten beyde,
 Durchströmt war beeder Herz von Lust.

Und Agnes fiel zu seinen Füsen,
 Nein, sprach sie, dich bin ich nicht werth,
Zu gros bist du, Fürst, mich zu küssen,
 So sehr mein Herz dich liebt und ehrt.

Du liebst mich? sprach er, welch Entzücken.
 Genug, o Agnes, zeige Muth.
Erfreut will ich dich heut beglücken,
 Was hilft auch Ehre, Macht und Gut.

Auf! komt mit mir. Es ist besieget,
Das Vorurtheil, das Fürsten kränkt;
Durch die nur wird mein Herz vergnüget,
Die mir die reinste Liebe schenkt.

Sey ohne Furcht. In diesem Lande
Ehrt mich getreu der Unterthan,
Er ehrt auch mir geliebte Bande,
Und nimt dich gern als Fürstin an.

Laß jezt den Stolz des Vaters toben,
Er liebt dich, wann er dich wird sehn,
Er wird, daß ich dich liebe, loben,
Und Gunst und Ehre dir gestehn.

Komt, nicht entfernt von diesen Gründen,
Steht ein mir eignes festes Schloß,
Da will ich alle Lust empfinden,
Und du wirst aller Sorgen los.

Erstaunt, doch heimlich mit Entzücken,
Sieht Agnes ihren Vater an,
Und forschet bang in dessen Blicken,
Die ängstlich auf des Fürsten sahn.

Und bald war dessen Wunsch erhöret,
(Denn schon stimt Agnes kühner ein.)
Da ihn der Alte selbst gewähret,
Und nun soll Agnes Fürstin seyn.

Der Fürst sizt auf, davon zu reuten,
Und nimt sie frölich auf sein Ros;
Der Vater aber geht zur Seiten,
Auf das nicht weit entfernte Schlos.

Dort hielt der Fürst, was er versprochen,
Und schlos mit ihr beschwornen Bund,
Den seine Liebe nie gebrochen,
Doch bald war es dem Lande kund.

Mit fürstlichem Gewand und Kleide,
Schmückt sie des Fürsten Liebe aus.
Bald sieht man sie in Samt und Seide,
Als wär sie aus gekröntem Haus.

Es waren Reize froher Jugend,
Des Mundes Scherz, der Augen Blick.
Verstand und Anmuth seltner Tugend,
Des jungen Fürsten Heil und Glück.

Er liebte Treu, sein Ruhm, sein Leben,
War nicht so sehr wie sie geliebt,
Und sie war ihm getreu ergeben,
Er ists allein nur was sie liebt.

Und edel wurden Herz und Sitten,
Darin sie Fürsten Töchtern glich;
Empfindung zeigt in armen Hütten,
So gut als in Pallästen sich.

Und schön verflossen ihre Tage,
Wie sanfter Bach, in Zärtlichkeit.
Doch stört des größten Jammers Plage,
Zu frühe die Zufriedenheit.

Der Stolz des alten Herzogs höret,
Des Sohnes ihm verhaßtes Glück.
Bald ist sein Blut zu Zorn empöret,
Kaum hält ihn Vater Huld zurück.

Er schäumt, er fluchet seinem Sohne,
Schilt Liebe Niederträchtigkeit.
Schwört ihr den Tod zu ihrem Lohne,
Und ist zur Strafe schon bereit.

Bewegne Liebe soll sie büssen,
Gestraft sey Stolz und Uebermuth;
Ein Mädchen einen Fürsten küssen!
Heischt ihren Tod, verlangt ihr Blut.

So spricht, so flucht er ihr im Grimme,
Auf Reiz und Tugend nicht bedacht.
Die Ehre ruft. Es hört die Stimme,
Der junge Fürst und eilt zur Schlacht.

Er wafnet sich beherzt zu streiten,
Sein Muth verzagt vor keinem Feind;
Aus Agnes Armen will er scheiden,
Die schon vor seinem Abschied weint.

Du, mich verlassen! Könt ich Leben,
Seufzt sie, Geliebter, ohne dich!
Du mich verlassen! Welch ein Beben,
Befällt aus bangem Herzen mich!

Doch, geh, und kom zurück im Frieden,
Dein Haupt mit Ruhm und Sieg bekränzt,
Mir sey auch bittre Qual beschieden,
Wofern nur dir die Sonne glänzt.

O könt ich kämpfen dir zur Seiten,
Dein Knab, dein Waffenträger seyn!
Und wider deine Feinde streiten,
Wie muthig wolt ich mich erfreun.

O kônt ich dir gleich, Waffen tragen,
O hätt ich, dir gleich, Heldenmuth!
Vor keinem Feinde wolt ich zagen,
Nicht fürchten Wunden oder Blut.

Da würd ich gröse Thaten sehen,
Die Thaten, die dein Schwerd verübt,
Und dir bey jeder That gestehen,
Wie zärtlich deine Agnes liebt.

Laß mich mit dir zu Felde ziehen,
Komst du vom Siege müd zurück,
Wann deine Feinde vor dir fliehen,
Da sey dir Agnes Kraft und Glück.

Den Harnisch nimt sie von dem Rücken,
Den stolzen Helm von deinem Haupt,
Und sucht den wieder zu erquicken,
Den ihr kein Schwerd noch Pfeil geraubt.

Nein, sprach er, Agnes, meine Freude,
Für dich ist nicht das Kriegsgeschrey,
Zwar schwer ists, daß ich von dir scheide,
Doch, ewig bleib ich dir getreu.

Für dich ist nicht der Lerm der Waffen,
Für dich nicht das Geräusch der Schlacht.
Zu lieben bist du nur geschaffen,
Zu küssen bist du nur gemacht.

Bleib hier, bis nach vollbrachtem Kriege,
Dein Held zu deinen Armen eilt,
Und stolzen Ruhm vor jedem Siege,
Mit dir, mit seiner Agnes, theilt.

Dann will ich wieder dich umfangen,
Jezt nimm von mir den lezten Kus.
Du bist mein Leben, mein Verlangen!
O! daß ich mich entfernen mus.

Er zog davon. Mit banger Thräne
Im Auge, sah sie traurig nach:
Er zog davon, da er die Schöne,
Betrübt zum leztenmale sprach.

Zum leztenmal! -- Schon sann auf Rache,
Des alten Fürsten stolzes Herz.
Es ist nun Zeit, daß ich erwache,
Sprach er, und räche Schimpf und Schmerz.

Es kam sein Sohn zu seinen Schaaren,
Er zeiget Muth und Tapferkeit,
Bey denen, die gerüstet waren,
Und ist wie sie zu Kampf bereit.

Wie? Niederträchtger! du in Waffen?
So spricht der alte Fürst ihn an.
Für Mädchen bist du nur geschaffen,
Zu ihnen geh, du bist kein Mann.

Du

Du schändest deines Hauses Ehre,
Beschimpfest Stand und Fürstenhut.
Entheiligst groser Ahnen Lehre,
Und ihr in dich geflosznes Blut.

Geh! läszt du dich von mir nicht rathen --
Unedel, schändlich würkt dein Sinn,
Dann dich verführt zu schlechten Thaten,
Der Reiz von einer Buhlerin.

Zu gütig bin ich dich zu schonen,
Hörst du mich schon entrüstet an.
Mit Streichen solt ich dich belohnen,
Dann die verdient, was du gethan.

Fürst Siegfried läßt den Vater toben,
Und zeiget Muth und Tapferkeit.
Er gibt davon erneurte Proben,
Und ist der muthigste im Streit.

Im fürchterlichsten schwerer Kriege,
Macht er sich edler Lorbern werth;
Doch bey dem Ruhm erfochtner Siege,
Weint Agnes, die ihn traurend hört.

Allein der Zorn ist nicht zu stillen,
Der in des Vaters Busen wühlt;
Und Ströme schweren Grimmes quillen
Aus ihm, die Agnes bange fühlt.

Bald

Bald schickt er hartgeschafne Herzen
Zu seines tapfern Sohnes Schlos,
Bey Unglückselger Angst und Schmerzen,
War erst der Mörder Freude gros,

Mit schweren Ketten, starken Banden,
Schickt er des Grimmes Bothen ab,
Zu Agnes, die sie kümmernd fanden,
Weil Siegfried seltnen Trost ihr gab.

Ein zärtliches, ein stilles Sehnen,
In seinem Ruhm ihn bald zu sehn,
Erweckt in ihr so manche Thränen,
Und nie dacht sie ihn noch so schön.

Da nahten die gesandte Bothen,
Mit grimmigem Gesicht heran;
Und schimpften, schmähten, fluchten, drohten,
Und legten ihr die Feßlen an.

Des Fürsten süßestes Verlangen,
Des jungen Herzens fromme Lust,
Die führten sie mit sich gefangen,
Und nichts erweicht die harte Brust.

Hier half kein Flehn. Der Strom der Zähren,
Ihr Händeringen ward verlacht.
Sie fühlten Lust es anzuhören,
Und hatten nicht auf Winseln Acht.

Zu Fuß, behängt mit schweren Ketten,
Umringt von wilder Knechte Schaar,
Mußt sie verhaßten Weg betreten,
Der ihrer Seele schrecklich war.

Sie sah sich vor des Fürsten Blicken,
Nichts schrecklichers ward je gesehn.
Ihr Lasterthaten vorzurücken,
Sah sie ihn schon gerüstet stehn.

Sie zittert thränend ihm entgegen,
Ist schon ihr Herz von Lastern frey,
Und Angst und bange Furcht erregen
Auch bey der Unschuld ihr Geschrey.

Verwegne Dirne! sprach mit Schäumen,
Des alten Fürsten harter Mund.
Welch Thorheit liesest du dir träumen,
Nun werde dir die Strafe kund.

Mit Buhlerwiz und Reiz gezieret,
(Von mir allein Verachtung werth)
Hast du mir meinen Sohn verführet,
Daß er durch dich mein Haus entehrt.

Doch, bebe. Strafe solst du fühlen,
Wie deine Kühnheit von mir heischt;
Es soll sich deine Liebe kühlen,
Die meines Sohnes Herz getäuscht.

Da fiel sie zitternd vor ihm nieder,
Er aber sties sie trozend fort,
Es bebeten die bangen Glieder,
Sie schrie: Fürst! höre noch ein Wort.

Es ist umsonst dich anzuhören,
Entschuldigung bleibt ohne Frucht,
Sprach er, du suchst mich zu bethören,
So wie du meinen Sohn gesucht.

Doch rede. Und ein Strom von Thränen,
Den er mit kaltem Herzen sieht,
Rint aus dem bangen Aug der Schönen,
Die noch vor seinen Füssen kniet.

Doch bey des Grimmes größtem Beben,
Mußt er ihr fühlend eingestehn:
Er hätte noch in seinem Leben,
Nichts prächtigers an Reiz gesehn.

Ists Sünde, sprach sie, daß ich liebe,
So ist mein Fürst nur Schuld daran,
Er zeigt zu erst mir seine Triebe,
Ich habe keinen Schritt gethan.

Zu erst lernt ich bey seinen Küssen,
Was Zärtlichkeit, was Liebe sey.
Zu erst schwur er zu meinen Füssen,
Und hielt sie auch, mir stete Treu.

Hat

Hat diese Liebe ihn entadelt?
    Ists Schande, daß er zärtlich liebt?
Sie hat die Tugend nie getadelt,
    Sie, der er immer sich ergiebt.

Nicht weibisch macht ihn meine Liebe,
    Nie wurd er durch die Liebe schlecht,
Noch zeigt er angebohrne Triebe,
    Noch ist er tapfer und gerecht.

Und fürchtet nicht der Feinde Waffen,
    Noch rennt er muthig in Gefahr;
Und solche Liebe will man strafen,
    Die ihm ein Sporn zu Thaten war.

Wohlan dann. Straft sie. Doch die Strafe,
Die falle ganz allein auf mich.
Ich bins, die ihm Verachtung schaffe,
So sey sie mir nur fürchterlich.

Ich will ihn fliehn, ich will ihn meiden,
So zärtlich ihn mein Herz verehrt;
Er soll nicht meinetwegen leiden,
Ich bin nicht seiner Liebe werth.

In dunklen Zellen will ich weinen,
Daß ich zu kühn, zu zärtlich war;
Nicht mehr vor seinem Aug erscheinen,
Er komme nicht mehr in Gefahr.

Durch

Durch mich soll nicht sein Ruhm verderben,
Der jezt um seine Schläfe grünt. --
Nein, schrie der Herzog, du mußt sterben,
Verwegne! Tod hast du verdient.

Wie, wann der Bliz die Nacht erhellet,
Der Donnerschlag vom Schlaf erweckt,
Wann er den Stam der Eiche fället,
Und durch Gebrüll die Welt erschreckt.

So fiel erschrocken Agnes nieder,
Durch solches Donnerwort gerührt,
Empfindung floh die bange Glieder,
Und wurde nicht an ihr gespührt.

Man riß sie grausam mit den Ketten,
Zur Strafe solt sie fühlbar seyn;
Vom Tod sucht man sie zu erretten,
Jedoch, zu noch schmerzhaftern Pein.

O Liebe! schrie sie, welchen Qualen
Hast du mich schröcklich ausgesezt.
Wie schwer muß ich die Gunst bezahlen,
Mit der du vormals mich ergözt.

O Fürst! Man riß sie bey den Armen,
Und schlepte grausam sie davon.
Hier war kein Mitleid, kein Erbarmen,
Hier rührte nicht der Wehmuth Thon.

Se-

Geliebter! sähst du, wie ich leide,
O sähst du meines Herzens Pein!
So kämest du zurück vom Streite,
So würdest du mein Retter seyn.

Allein, umsonst ists, daß ich klage,
Umsonst – ihn küßt mein Mund nicht mehr –
O Himmel! schüze seine Tage!
Dein Schuz sey immer um ihn her.

Durch Siegfrieds Fürsten-Lande fliesset,
Des tiefen Risters breiter Fluß,
In den sich mancher Strom ergieset,
Der ihm zum Meere folgen muß.

Es thürmen sich zu dessen Seiten,
Die Wände steiler Felsen auf;
Die Fluthen, welche sie bestreiten,
Hemt Widerstand in schnellerm Lauf.

Und Städte, die da Länder zieren,
Stehn stolz an dessen Ufern da;
Auch, die im Luftkreis sich verlieren,
Fruchtbare Felder liegen nah.

In dieses Stromes bangen Tiefen,
Solt Agnes Reiz zu Grunde gehn;
Und ihrer Mörder Füße liefen,
Mit ihr auf steiler Felsen Höhn.

Ihr Aechzen, ihrer Wehmuth Zähren,
Verlachten sie mit hartem Muth,
Und nahmen ihr den Schmuck der Ehren,
Von ihrem Haupt voll wilder Wuth.

Und grimmig rissen sie die Kleider,
Die sie noch trug, vom Leib herab.
Ein Stos der Mörder stürzte weiter,
Sie wüthend in den Fluß hinab.

O liebster Fürst, schrie sie im Falle,
Dich, Siegfried, soll ich nicht mehr sehn!
Es stürzt ihr Leib mit grosem Schalle,
Jezt soll ihr Reiz zu Grunde gehn.

Sie schwam und rang in tiefen Fluthen,
Und suchte Rettung an dem Strand.
Umsonst, da nie die Mörder ruhten,
Da sie nie Trost und Hülfe fand.

Oft hub sie die benezten Hände,
Vom Strom gerissen, bittend, hier.
Wer komt, daß er mein Leben ende,
Wer hat Barmherzigkeit mit mir!

Ein Mörder, der noch Mitleid fühlte,
Warf zu Vollendung ihrer Noth,
Auf sie, mit der der Strom jezt spielte,
Geziehlten Stein. Das war ihr Tod.

Bald

Bald warf an unbewohnte Haiden,
Die Fluth den toden Körper aus.
Und ihre Mörder sahn mit Freuden,
Gereinigt jezt das Fürstenhaus.

Das war nicht fern von diesem Grunde,
Wo Herzog Siegfried mit der Schaar,
Den Feind erwartend muthig stunde,
Doch, ruhig jezt im Lager war.

Ein Knecht, dem es an Wasser fehlte,
Der nahte sich des Flusses Strand,
Den Durst zu löschen, der ihn quälte,
Wo er die tode Schöne fand.

Es waren seltner Reize Zeichen,
Die Angst und Tod nicht ganz verstellt,
Sein Herz noch fähig zu erweichen;
Er weint um sie, die ihm gefällt.

Wer war sie diese junge Schöne,
Die hier ihr Leben eingebüßt?
Spricht er bestürzt, da eine Thräne,
Wehmüthig aus den Auge fließt.

Er eilt zurück. Was er entdecket,
Zeigt er dem jungen Herzog an,
Den er durch solche Nachricht schrecket,
Er will dem Abentheur sich nahn.

Er komt, er sucht die tode Schöne,
Er sieht — o schauervoller Blick;
Er komt, und sieht, die tode Schöne,
Und bebet schreckenvoll zurück.

O Agnes! — und die um ihn waren,
Erstaunten abgeblaßt wie er.
Mitleiden drang in seine Schaaren,
Und Wehmuth durch sein ganzes Heer.

O Agnes! — solt ich dich verlieren?
So seufzt er, dich entreißt man mir?
Dich, die allein mich konte rühren?
Was könt ich lieben auser dir!

Dich strafte man wie Missethäter,
Und Liebe nur war deine That.
Du strafst sie, grausamster der Väter,
Den sie doch nie beleidigt hat.

Beschimpft soll nicht dein Leib verwesen,
Du, welche zärtlich mich geliebt.
Die Nachwelt soll in Marmor lesen:
Wie zärtlich dich ein Fürst geliebt.

Und ewig soll in meinem Herzen,
Dein Angedenken nicht vergehn.
O meine Agnes -- o ihr Schmerzen!
Dich, Agnes, soll ich nicht mehr sehn.

Den Leichnam der erbleichten Schönen,

Versenkte man in tiefes Grab.

Da flosen zu dem Sarge Thränen,

Der treusten Zärtlichkeit hinab.